AF354374

Grete Meisel-Heß

Suchende Seelen

e-artnow 2018

Franz Werfel
Der Abituriententag

Fjodor Michailowitsch Dostojewski
Weiße Nächte

Franz Kafka
Gesammelte Werke: Romane, Erzählungen & Briefe (Über 90 Titel in einem Buch): Der Prozess, Das Schloß, Amerika, Betrachtung, Das Urteil, Die Verwandlung, …eines Hofes, In der Strafkolonie…

Jules Verne
Die Leiden eines Chinesen in China

Hans Fallada
Wer einmal aus dem Blechnapf frißt

Grete Meisel-Heß

Suchende Seelen

Das Leid + Die Lüge + Krisis

e-artnow, 2018
Kontakt: info@e-artnow.org
ISBN 978-80-273-1811-7

Inhaltsverzeichnis

Das Leid

I.

Stefan Feodor Ilitsch machte seiner Geliebten – nein: seiner Braut, die seit fünf Jahren auf ihn
wartete – die große Eröffnung.

Sie saßen im Kaffeehaus beim Eckfenster, jedes in die rote Sammetbank hineingedrückt,
vor sich die Melange und den Berg Zeitungen, in der bläulich feinen, Behagen ausströmenden
Atmosphäre des »gutventilierten« Wiener Cafés.

Draußen hatte ein lauer Februartag, den die Menschen für Frühling nahmen, eine Menge
hinausgelockt, die geschäftig durcheinander schob, den Ring hinauf, von der Wollzeile bis zur
Oper, und wieder hinab und wieder hinauf, mit wichtiger, strahlender Miene, wie jemand, der
sich beim Empfang einer Majestät einfindet. Die Wiener Frauen strahlten und waren noch
schöner als sonst: mit den kurzen Miederchen, die die Büste frei lassen, und den knappen, o so
knappen Röcklein, eng, eng, die unten mächtig, weit, wogend, auseinander fluten, schleppend,
rauschend, prächtig...

Die Lotti hatte auch solch ein Secessions-Röcklein. Denn sie war aus gutem Wiener Haus-
herrn-Haus, wo man mit der Mode gehen kann, Gott sei Dank. Aber sie hatte noch etwas ande-
res: große, dunkle, sehnsüchtige Augen. Und die hatte sonst niemand in der Hausherrn-Familie.
Alle hatten sie runde, blitzblaue, wie auf Stäbchen herausgesteckte Augen und den Blick satter,
zufriedener Kühe, samt dem dazu gehörigen Doppelkinn. Nur die Lotti war ganz aus der Art
geschlagen – leider, leider. Der liebe Gott mochte wissen, wieso. Ganz aus der Art geschlagen.
Denn Augen, das weiß man ja, machen's nicht allein. Aber alles, was zu diesen Augen gehört:
das war's eben! »Gelehrte« Neigungen und wenig Pietät und sehr wenig Worte – zu Hause –
und so ein Ausweichen überhaupt, so einen höchst befremdlichen Zug hinaus aus der Familie
und lauter »draußige« Freundschaften, wo einem doch die Verwandtschaft über alles gehen soll!

Seit sie ihr aber auf das mit dem »Judenbuben« gekommen waren, da war alles aus. Der
Herr Gruber raste und tobte. Ein Judenbub, ein russischer noch dazu, sollte in seine urarische
Familie hineinkommen? Er, Hausherr am Alsergrund, Christlich-Sozialer vom reinsten Wasser,
Schwiegervater eines – eines – – Er hätte einen Ritualmord begehen können! Und noch dazu so
eine Null: ein Student!

Aber es half ihm nichts. Die Lotti blieb fest. Trotzdem er ihr in die Ohren schrie, von den
vierzigtausend Gulden, die als Mitgift für sie angelegt waren, bekäme sie nichts, aber schon gar
nichts, einen Dr..., wenn sie dabei bleibe. »Ich warte, auf wen ich will und solange ich will,«
war ihre einzige Antwort.

Der Schädel, der verfluchte Schädel, den das Mädel hatte! Überhaupt war sie nie nach seinem
Sinn gewesen. Weiß der Teufel!

Die Frau Hausherrin hatte ihm nicht mit gewohntem Temperament sekundiert. Wie sie von
dem Juden hörte, war sie ganz bleich fortgeschlichen: »Jesses Marand Joseph, das ist die Straf'!
Das ist die Straf'!...«

Seitdem waren fünf Jahre vergangen. Fünf gräßliche Jahre.

Schneller ging's nicht. Seit einem halben Jahr war er Arzt und auf der Jagd nach Praxis.
Er mußte es endlich möglich machen, er mußte! Was hatte sie erlitten um ihn! Qualen, Pein,
Schande –, die Schande der Unfreiheit. Aber er war auch das Leben für sie gewesen. Wie die
große Erweckung war er ihr gekommen. Sie: still, scheu, wie eingefrorenes Leben unter dem
Eise, er: voll Kraft und Wollen, ein heißer Fön, hatte die Erstarrung gesprengt. Tiefes Staunen
erst und dann ein Jubel! Das war das Glück...

Sie hatten gekämpft für ihre gemeinsame Zukunft mit wildem, unüberwindlichem Trotz.
Den Verhältnissen die paar Stunden Beisammensein in den fünf Jahren unter tausend Schwie-
rigkeiten abgerungen. Alles war schwer, kompliziert, alle Götter waren gegen sie. Stefan mußte
sich durchfristen mit Stunden. Als kleines Kind war er nach Wien geschickt worden zu einer
Verwandten, die gestorben war, als er fünfzehn Jahre gewesen. Seitdem brachte er sich allein
durch. Seine Eltern, arme russische Juden, hatten kaum Brot und Zwiebeln für sich selbst. Vor
zwei Jahren waren sie aus Rußland hinausgejagt worden; da waren sie nach Wien gekommen,

hatten sich einen Branntweinschank aufgemacht in Hernals draußen und »ernährten« sich. Damals hatte Stefan seine Eltern besucht, die ihm wie unsagbar traurige, groteske Gestalten einer verlorenen Welt erschienen. Und er sann über das Wunder der Assimilation, die Blut und Rasse wandelt. Wie aber erst, wenn sie unterstützt wird durch bewußte Wahl: Mischlinge! Was würden er und Lotti für prächtige Kinder haben! Lotti! Mütterchen! Eine heiße Blutwelle durchflutete und erschütterte ihn...

Er arbeitete rastlos; er ließ nicht nach. Nicht mit ungeduldigem Rütteln wollte er das Schicksal zwingen, nein: mit zäher, eiserner Ausdauer. So mußten sie siegen. Natürlich, wenn kein Elementarereignis dazwischen kam. Das Elementarereignis räumten sie ein, devot, untertänig sich beugend, zitternd vor der Scheelsucht der Götter, dem kleinlich neidischen Pöbel, der das große Glück nicht duldet und in stupider Grausamkeit mit Tyrannen-Vollmacht protzt.

Die klingende Freiheit, die wollte er erobern, ja! Immer vorausgesetzt natürlich, daß nicht am Ende...Wie eine schwarze Wolke schwebte es über ihnen. Lächerlich, daß sie so oft daran dachten; absurd. »Aber weißt du, es ist ein so unheimlicher Gedanke,« sagte Lotti einmal, »daß alles an das gebunden sein soll, was fortwährend in tausend Gefahren schwebt...« – – – – –

Sollte es das sein? Alles war so behaglich da; unmöglich...

Langsam löste sich die Erstarrung:

»Was sagst du, Stefan?«

Und er wiederholte, langsam und deutlich...Er mußte es ihr sagen, er konnte nicht länger schweigen. Seit einem halben Jahr trug er es mit sich herum. Heute war er beim Professor gewesen. Der hatte es bestätigt.

Sie hörte Worte aus einer grauen, fremden, unendlichen Ferne. Etwas tönte, schwang, näherte sich, kroch bis ans Hirn und wollte sich hineinbohren. Es bohrte und bohrte...Draußen ging eine vorbei, die hatte das Kleid so hoch gehoben, daß unter dem schönen Seidenjupon ein gestreiftes Barchentröcklein zum Vorschein kam. Mit geschlungenen Zacken. Das sah spaßig aus...Gedämpft fielen die Worte, wie stille Wassertropfen...

Sie faßte es nicht. Aber sie hätte schreien mögen, einen langen, wehen, tobenden Schrei. Lebte sie denn? War das wahr? Sie krallte sich unter dem Tisch mit den Nägeln der einen Hand in den Arm, bis sie wirklich einen Laut ausstieß. Und sie sah ihn an. Lippen, Lider, Nasenflügel vibrierten, das Kinn und die Mundlinien zogen scharfe, spitze Ecken. Der Zwikker hielt wie eine Klammer die Nase eingezwängt und zog einen roten Streif: die Augen aber waren fahl...

War sie blind gewesen? Sonst hatte er immer etwas Dunkles, Fiebriges, Glühendes in seinen Zügen gehabt. Jetzt war er wie ausgebleicht. Kein Fieber mehr in den Zügen. Nur entsetzliche Müdigkeit.

Die Hetzjagd um den Bissen Brot war eben zu toll gewesen. Ein ununterbrochener Kampf seit Jahren. Ohne Ausruhen, ohne Atemholen. Nur, wenn er sich rührte, hatte er zu essen. Drum mußte er sich rühren. Rastloser, wilder, rasender Lauf dem Ziele zu. »Das Leben ist logisch,« sagte Stefan, als das Ziel immer näher rückte. Ja, er sah es schon vor Augen. Es winkte, verheißend, verlockend; er lief weiter drauf zu...

Da zeigten sich Blutspuren in seinem Auswurf. Und er mußte innehalten auf seinem Weg.

»Und was hat der Professor gesagt?«

»Nun, er meint, es sei noch nicht unheilbar; ein Jahr im Süden, ohne Arbeit, ohne Sorgen, in Ruhe und guter Pflege: das wäre die Heilung. Immer tiefer, meint er; Luftveränderung: erst Italien, dann Kairo, Palästina.«

Er brach in grelles, heiseres Lachen aus; ein Lachen voll verzweifelter, hilfloser, ohnmächtiger Wut: ein Zusammenbrechender, der noch das Bewußtsein nicht verloren hat.

Also da war es wirklich.

Ein Jahr im Süden. Er! Wenn er vierzehn Tage nicht arbeitete, wußte er nicht, woher den Zins für sein möbliertes Zimmer nehmen. Und die Kost. Und alles, was der ganze Apparat täglich frißt. Und wofür man sein bißchen Leben ausschroten muß, um es nachzuziehen, immer geringer, erlöschender, elender, ein Kapital, das sich langsam vermindert.

Und wie er jetzt Lotti ansah, dieses erstarrte, fassungslose Gesicht, da stieg es plötzlich wie ein Fragen, ein Zweifeln in ihm auf. Das sollte wahr sein?

Und der brennende, rüttelnde Lebensinstinkt, der nicht glauben will, der alles leugnet, erfaßte ihn. Es war nicht möglich. Einfach unmöglich. Blödsinn! Gewiß: die Lunge war angegriffen – er war ja Arzt und wußte Bescheid –; aber warum sollte er sich nicht auch in Wien erholen können! Das Wiener Klima ist doch nicht schlecht, Schonung, weniger Arbeit… und jetzt kam ja der Frühling!

»Lotti, mach dir nur gar keine Sorgen. Hätte ich dir nur nichts gesagt! Du brauchst gar keine Angst zu haben, wirklich nicht. Schau: ich werde weniger arbeiten; faulenzen, sage ich dir. Du wirst sehen, wie schnell ich mich erhole.«

Sie war wie versteinert. Sie hatte nicht gefaßt, daß es wirklich da sein sollte, das, wogegen man nichts tun kann. Was er jetzt sprach, nahm sie auf, willig, gierig. Er würde sich schonen; und der Frühling kam.

Er war nachdenklich und still geworden. So ruhig… Und dann, auf einmal, konnte er es ihr sagen, fest, was er ihr sagen mußte.

»Lotti, du liebe, wirst du's nur nicht vergessen, unser – Motto?«

So ruhig, als wäre nichts geschehen, sah er sie an: »Über alles, alles zur Tagesordnung übergehen!«

Sie erschrak. Warum? Ja: das war ihr Motto gewesen. Hinauskommen können über alles Persönliche: der gesicherte Mensch. Von ihm hatte sie es gehört und begriffen und verstanden. Aber die glühende Überzeugung hatte es nicht in ihr ausgelöst. Nur jenes andere Wort von ihm, aus dem sein Motto entsprungen war, das war ihr aus der Seele gesprochen: »Das jammernde Leid ist häßlich.« Mit jeder Fiber hatte sie das gefühlt. Ächzend, winselnd, stöhnend am Boden kriechen, eine Beute des eigenen Leides: das war grauenhaft häßlich. Überall sah sie Menschen herumschleichen, mit gefurchten Stirnen, grauen, scharfen, verstaubten Sorgenwinkeln in den Zügen, jammervoll niedergeduckt, und die Welt war ihnen voll ihrer Kümmernisse, die Welt, die mächtige, weite, ewige, gleichgültige, die gar nichts wußte von ihnen.

Sie hatte sich gewehrt gegen das Leid in den fünf gräßlichen Jahren ihres Doppellebens, wo sie in der tiefsten Schande lebte: unfrei. Gefesselt »zu Hause«, während ihre Sehnsucht irrte und taumelte zu dem, dem sie gehören sollte. Sie hatte sich gewehrt gegen das kleine, persönliche Leid, das so häßlich war in seinem Terrorismus, mit der ganzen Kraft ihrer fröhlichen Sonnennatur, die an das Leben glaubte, weil sie das Leben wollte. Sie hatte die Welt immer groß und weit und licht gesehen. Und ihre Augen waren hell geblieben und ihre Stirn klar.

…Als sie an diesem Abend auseinander gingen, lag es über ihnen grau, beklemmend. Und sie konnten einander lange nicht sehen; sie wurde bewacht.

»Aber du schreibst mir, Stefan, wenn ich kommen soll, wenn etwas ist; ich bitte dich, Stefan…«

Er küßte sie im Dunkel der Straßenecke; und ihre Herzen schlugen aneinander, bebend, ungläubig.

II.

Sie fing an, die Umrisse zu erkennen, die ihr bis jetzt verschwommen gewesen waren. Mit starren Augen sah sie hin, wie es sich reckte und dehnte und langsam die mächtige Pranke hob. Ein riesiges, sphinxhaftes Ungetüm hinter tausend wirren, düsteren Schleiern, die nur der Blick durchdringt, den das Leid geschärft… Überall sah sie es jetzt. Wie die Menschen sich abmühten, den Koloß zu erklimmen! Und er ließ sie an sich heran. Und sie klommen, in Schweiß und Blut gebadet, rastlos, unermüdlich. Es hielt still, mit steinernem Lächeln. Aber was sie nicht merkten, war, daß es ihnen heimlich, langsam, stetig die besten Kräfte stahl. Und wenn sie dort waren, wo sie hingewollt und hingemußt, dann fielen sie zusammen wie morscher Zunder.

Das Leben hatte ihr Mark aufgesogen, als Zoll und Steuer, und lächelte weiter, ruhig, steinern, ewig.

Sie konnte jetzt keinen Schritt tun, keinen Blick hinauswerfen, ohne das zu sehen, wofür der Glückliche mit grauem Star gesegnet ist. Den alten Mann dort drüben im Haus, der immer still und stumpf am Fenster saß, hatte sie früher nie bemerkt. Und er saß doch da zehn Jahre lang. Der war früher ein schmucker Herr gewesen. Ein Herr in einem blauen Frack mit goldenen Tressen und schwarzen, gesalbten, duftenden Haaren. So hatte er dreißig Jahre lang in einem adeligen Kasino… an der Tür gestanden. Hatte dreißig Jahre lang die Tür geöffnet und sich dreißig Jahre lang verbeugt. Das war eine feine Stellung gewesen. Sogar eine Pension trug sie ihm ein, als er sich nach dreißig Jahren »zurückziehen« mußte, weil er vom vielen Stehen Muskelschwund in den Beinen bekam…

Und ihre Lehrerin fiel ihr ein, die arme kleine Sprachlehrerin, die so glücklich gewesen war, als sie einen Mann fand. Ganz verwandelt, strahlend vor Seligkeit, war sie gekommen und hatte es erzählt, das Wunderbare: ein Mann wolle sie heiraten. Und er heiratete sie wirklich. Ihre stille, bescheidene Art hatte ihm gefallen. Aber das Haus allein erhalten: das konnte er nicht. Er hatte nicht so viel. Wie gern gab sie weiter ihre Stunden! Sie mußten eben zusammen arbeiten, rastlos, ohne Pausen, wenn sie zusammen leben wollten. Und sie lief weiter vom Omnibus zur Tramway, von einem Bezirk in den anderen, treppauf, treppab, ihren Stunden nach. Auch als Übelkeiten und Ohnmachtanfälle kamen. Im vierten Monat war sie ins Spital gekommen und lange Zeit hörte man nichts von ihr. Als sie wiederkam, war sie keine Frau mehr. Sie weinte bitterlich, denn ihr Mann… Aber sie konnte jetzt wieder laufen, treppauf, treppab; nur die kleinen Schmerzen bei jedem Schritt waren schlimm.

Gleich Schemen stiegen diese Gestalten jetzt vor Lotti auf, wie aus Nebeln eines Lebens, das jenseits liegt von jener Welt, in der man ausruht und doch satt wird. Und in die langen Stunden, die sie einsam in ihrem Zimmer verbrachte, müde und willenlos, wie sie es früher nie gekannt, krochen langsam die Zweifel, die entweder zur Verzweiflung werden oder die große Befruchtung bringen, heilige, gefährliche Schwangerschaft und neues Leben. Zweifel an allem, woran sie bis jetzt geglaubt, wofür sie sich eingesetzt in seliger Begeisterung, mit heißen Wangen und klopfendem Herzen, wonach sie gelebt und gestrebt, wofür sie eiserne Bande zerbrochen und neue, fröhliche, grünende geknüpft hatte. Daß die Frauen hinaus sollten und das Leben mitleben, wie sie bis jetzt geglaubt: war denn das nicht Unsinn? War's nicht besser, zu fliehen, sich zu verstecken, zu verkriechen irgend wohin, wo es sicher und warm ist und tief verborgen, wo man nicht gefunden wird und ruhig und still liegen kann, wie sie jetzt in ihrem Zimmer lag? Hinter vier dicken, sicheren Mauern sich zu verbergen vor dem Leid?

In die Lebendigkeit hatte sie hinausgestrebt, ihr Leben nach eigenem Willen leben wollen; und die Philister hatten ihr gewehrt und sie zurückzuhalten versucht bei sich, im Schutz der satten Sicherheit, die ihr erschienen war wie ein verlorener Sumpf erstarrten Fettes.

Und hatten die Philister nicht recht gehabt?

Das waren die schwarzen, qualmenden Nebel: sie verstand das Leben nicht mehr. Irr, wirr, unheimlich war alles um sie herum, und sie hätte einen Sprung machen mögen in irgend ein Jenseits, wo die Lösung war. Und sie suchte und bohrte und rang nach einer Antwort…

Dann kamen Stunden, wo die schwere Lähmung von ihr wich, das dämmernde Nirwana, in das sie langsam versank, sich zerteilte und sie herausschritt wie aus Nebeln, voll zuckenden, geknebelten Lebens, zitternd, tastend. Dann ging sie in ihrem kleinen Zimmer auf und ab, langsam erst, dann schneller und schneller, bis sie zusammengekauert niederglitt auf das weiße Fell vor ihrem Bett, den Kopf in die Polster vergraben, die nach ihrem Körper rochen. Und Gedanken, Bilder, Vorstellungen, Erinnerungen, glühende, schwüle Phantasien umfluteten sie und strömten heran. Das ganze Zimmer war voll davon. Aus den Ecken tauchten sie auf, weiß und rot und gelb, ein jubelndes Farbenbacchanal, aus ihrem Hirn quoll es warm, und alle Sinne kosten und schwangen die zitternden Nervenfäden in vibrierender Wonne. Nur der arme, jungfräuliche Leib zuckte und wand sich, weil er noch immer des großen Schmerzes harrte.

III.

Eines Tages kam ein Brief. Sie wartete auf diesen Brief. Aber als sie ihn gelesen hatte, drehte sich ihr das Zimmer im Kreis, in rasend schnellen Kurven, dann langsamer und langsamer, bis es still stand. Dann kleidete sie sich an, ruhig, mechanisch und ging auf die Gasse. Sie schlug einen Weg ein, den sie noch nie gegangen war. In den düstersten ProletarierBezirk, wo Dirnen wohnen in ganzen Gassen und die Schnapsschenken das beste Geschäft machen.

Dort lag Stefan, weil er sich nicht mehr erhalten konnte, bei fremden, russischen Juden, die seine Eltern waren.

Sie kam an der Votivkirche vorbei. Nie war sie hier gegangen, ohne ihren Schritt zu verlangsamen und die großartige, vornehme Schönheit in sich aufzunehmen: die zwei mächtigen, schlanken Brudertürme, die wie in jubelndem Flug in die Höhe stürmen, in fröhlicher Krönung des ernsten, breit gestreckten Domes, der schwer, schwarz, massig daliegt und doch die subtilste Feinheit des kleinsten Schnörkels, des winzigsten Spitzbogens zeigt. Nie war sie hier gegangen ohne das dankbare, selige Beben vor der Schönheit. Heute ging sie mit ruhigen, einförmigen Schritten vorbei, durch den Regen, die Kälte, den Schnee, die so schnell auf den falschen Frühling gefolgt waren. Nicht schneller, nicht langsamer ging sie weiter und bog rechts die Alserstraße hinauf. Die große Perspektive verschwamm heute in Regen und Nebeldunst, aber ein wundersames, fahlgelbes Nachmittagslicht lag über Wien. Sie sah nicht auf, sie blieb nicht stehen; nur ein Erinnern überkam sie plötzlich: hier war es, wo er sie zuerst sehen gelehrt hatte. Blind, aber verlangend hatte sie an aller Schönheit herumgetastet. Bis er gekommen war und sie hineingeführt hatte in seine Heimat. Und sie sah. Alles, was sie gesucht, ward ihr offenbart: Formen und Farben und Töne und Rhythmen und wunderbare, jauchzende, schimmernde Gedanken, die immer wieder sich in sich selbst vermehrten. Das Leben, die Bedeutung, das Ereignis in der winzigen Ereignung hatte er ihr gewiesen. Und dann, als er ihr ganz unten im kleinsten Geschehen den kosmischen Gang gezeigt hatte, dann hatte er sie hinaufgeführt auf die hohe, winkende Warte, wo man nur die ungeheure, unendliche Weite sah, den großen, schwingenden Kreislauf, in dem alles versank, auch das kleine, kleine Menschenleid. Und jetzt, als sie weiter ging in den Straßen, die immer enger, schmutziger wurden, je näher sie ihrem Ziel kam, da stieg die große, bittere Sehnsucht in ihr auf, die Sehnsucht nach der Heimat, die Sehnsucht, sich heraus zu verlieren aus der eigenen, einzigen Welt, die sie war und in der sie litt. Und die Triebkraft dieser Welt, der starke Menschenwille, nahte sich dem Wesenlosen, dem Ungreifbaren: sie wollte, sie wollte helfen. Und darum würde sie helfen. Und darum war sie ruhig und fest und brach nicht zusammen, trotzdem sie jetzt nach Hernals ging, wo er krank lag bei fremden, russischen Juden, die seine Eltern waren..., ihr Geliebter, der ihr das Leben noch bringen mußte...

Darum durfte es nicht an sie heran, das große Leid. Darum eine starre Gewißheit in ihr, daß sie helfen würde, helfen mußte, weil alles gar so entsetzlich war, weil es mehr und gräßlicher war, als ein Mensch ertragen konnte, und weil es kein »mehr« gab in der Natur...

Sie hielt an. Das war die Straße. Sie ging hinüber auf die andere Seite, die Nummer suchend: zwei – vier – sechs... es war ganz unten. Ein paar Leute begegneten ihr. Arme Leute, ein Hausierer, ein bettelnder Krüppel; drüben taumelte ein Betrunkener. Die verbaute, enge Gasse starrte von Kot und Schmutz. Immer mehr regnete es in die großen Wasserpfützen hinein. Von ihrem Schirm, von ihren Kleidern, von ihren Haaren troff die Nässe. Noch ein Mädchen begegnete ihr, in ein großes, braunes Tuch gewickelt, mit zerlumpten Schuhen, aus denen kleine Bäche rieselten, dick und feucht in die Stirn hinein hängenden Haaren, mit einem Hut auf dem Kopf und schmutzigweißem Schleier, der über ein alterndes, müdes Gesicht gezogen war, ein Gesicht voll Falten und Rissen unter billiger, schlechter Vorstadtschminke. Das Mädchen kam ihr gerade entgegen auf dem schmalen Trottoir, wich aus, scheu, verlegen und tappte an ihr vorbei in die großen Pfützen hinein...Danach traf sie keinen Menschen mehr.

Sie stand still. Vor einem graugetünchten, drei Stock hohen Proletarierhaus. Unten, neben dem Haustor, war ein Gassenladen. Eine schmutzige, braune Tür mit verwischten Kreidemalereien von Gassenbuben, daneben ein Schild: Trebern Slivowitz Caj.

Die Türglocke läutete, als sie auf die Klinke drückte. Sie sah undeutlich in dem Qualm, der ihr entgegenschlug: viele Männer. Einer lag auf einer Bank und schnarchte, andere schrien, spielten Karten, rauchten, auf einem Tisch saß ein Frauenzimmer und machte allerlei Gesten, Männer standen herum und brüllten vor Lachen. Undeutlich sah sie das alles; aber die Atmosphäre nahm ihr fast den Atem: die Ausdünstung armer, schmutziger Menschen. Branntwein-, Schweiß-, Knoblauchgeruch... ein Chaos vor ihren Augen. Schnell, bevor noch einer der Männer, die stier nach ihr hinblickten, ein Wort hätte sagen können, löste sich aus dem Gewirr und den Dünsten, die vor ihren Augen verschwammen, eine kleine, schwarze Gestalt in langem Kaftan, nahm sie bei der Hand und führte sie mitten durch, bis hinter den Ladentisch, wo eine Tür mündete. Er machte auf.

Sie stand in einer Küche. Fett- und Speisereste, Kübel mit schmutzigem Wasser, in denen Teller, Gabeln, Gläser schwammen, standen herum. Eine Frau stand vor den Kübeln und wusch das Geschirr. Sie trug einen roten Flanellrock und eine schmutzige Nachtjacke. Unter einer dicken, kohlschwarzen Perücke sah ein gelbes, runzliges, altes Gesicht hervor. Der Mann im Kaftan sagte etwas in einem Jargon, den Lotti nicht verstand. Die Frau wischte ihre nassen Hände ab und kam langsam auf Lotti zu. Sie schaute sie an und wies dann auf eine zweite Tür. Taumelnd, bebend ging Lotti hin, durch die Küche. Zitternd legte sie die Hand auf die Schnalle. Sie trat in das Zimmer, wo Stefan lag...

Sie sah nicht das Zimmer. Sie sah nichts. Sie kniete neben dem Bett und hielt ihn mit beiden Armen umschlungen, sie übergoß sein Gesicht mit Tränen, bedeckte die armen, blassen Hände mit Küssen. Ihre Herzen schlugen fliegend aneinander, ihre Körper bogen sich in konvulsivischem Zucken, als ob sie sich bäumten. »Weine nicht, ich helfe ja!« Und dabei strömten ihr die Tränen aus den Augen, lautlos, undämmbar, unaufhörlich.

Er lag längst schon still und erschöpft da, ruhig und tränenlos. Und während sie ihn umschlungen hielt unter tausend stammelnden Liebesworten und heißen Zärtlichkeiten, flüsterte sie ihm zu, daß sie helfen werde und daß sie gar nicht traurig sei, nein, denn ihr Stefan werde jetzt bald dort sein, wo er gesund würde, mit ihr, mit seinem Mädchen, nein: mit seinem Weib, gepflegt und behütet von ihr, irgendwo im Süden. Und mit heißen Wangen, ganz feucht von Tränen, erzählte sie ihm, wie dumm sie gewesen waren, alle beide, daß sie nicht eingesehen hatten, daß es sein müßte...»Denn, weißt du, wenn man einsieht, daß etwas sein muß, dann setzt man's auch durch, natürlich, selbstverständlich!« Sie würde es durchsetzen. Eine Stelle annehmen, irgendwo im Süden, die so viel trug, daß sie beide davon leben könnten. Irgend eine Stelle. Das würde sich schon finden. Als Lehrerin oder deutsche Korrespondentin – oder – oder...

Oder würden vielleicht – ihre Stimme sank und wurde leiser und langsamer – würden vielleicht – die Ihren, ihre Eltern, das Geld hergeben und sie heiraten lassen...?

Es war fast dunkel geworden; sie konnten einander kaum mehr sehen.

Still saß sie auf seinem Bett und hielt seine Hände. Sie sprachen längst nicht mehr. Aus der Schänke drang manchmal ein Ton herüber, ein Poltern, eine kreischende Stimme, Gelächter; dann war alles wieder still.

In dem Dunkel verschwammen die Töne von der Gasse, die Formen und Farben, das monotone Geplätscher des Regens, der an die Fenster schlug, das dumpfe Schwarz, das auf der Gasse lag und langsam hereinschwebte und den Raum füllte, immer dichter. Nur das Bett leuchtete wie ein matter, gespenstischer Schein und das weiße Gesicht, das auf den Polstern lag mit geschlossenen Augen und lächelndem Munde. Und langsam griff es in ihr Herz hinein, wie mit knöcherner Krallenhand. »Stefan! Was soll werden?«

Bebend glitt sie nieder, dumpf, fast bewußtlos.

Er streckte die Hand aus und tastete nach ihr im Dunkel. Er zog ihren Kopf an die Brust und streichelte ihr Haar, ruhig, leise, aus fremder Ferne. Wie ein stiller, feierlicher Strom ging es von dieser Hand aus, die langsam über ihr Haar strich. Und sie hörte Worte. Er sprach. Sie brachte ihr Gesicht ganz nah an das seine auf dem Polster:

> – – – »Leise, leise,
> Wie der Wellen weite Kreise
> Leis erstreben im tiefen See,
> So im großen Weitenschmerze
> Leise stirb mein kleines Weh.« – – –

Sie hielten einander umschlungen in der lautlosen Dunkelheit. Die betäubende Stille sank auf sie herab und umhüllte sie wie ein Opiat, in dem alles Sein in leichte, schwankende Nebel zergeht.

Draußen wurde eine Tür geöffnet. Einen Augenblick schlug der Lärm aus der Schänke ungedämpft herein. Die Tür wurde wieder zugeworfen. Jemand hantierte in der Küche nebenan mit Glas und Porzellan. Dann näherten sich Schritte. Lotti stand auf. Die alte Frau kam herein, mit einer brennenden Kerze in der Hand. In gebrochenem Deutsch, mit schleifenden Gutturallauten, sagte sie etwas; daß sie eine Kerze bringe, weil die Lampe nicht brenne; daß sie sie aber putzen und dann gleich bringen werde; auch brauche das Fräulein beim Weggehen nicht durchs »Geschäft« zu gehen; hier führe auch ein Ausgang ins Freie. Dann ging sie.

Als sie nach einer Weile mit der Lampe wiederkam, war Stefan schon allein...

Durchnäßt bis auf die Haut, zitternd vor Kälte, kam Lotti nach Hause. Sie ging gleich in ihr Zimmer, wo sie sich so gern abschloß von der »Familie«. Sie zündete ein Licht an. Wie eine bleierne Last lag Müdigkeit auf ihr, beschwerte ihr die Glieder, wie zu Boden ziehende, lautlose Ketten. In ihren schweren, nassen Kleidern sank sie auf das Sofa nieder, mit geschlossenen Augen. Aber die nasse, eisige Kälte preßte ihren Körper zusammen. Sie stand auf und begann mühsam, sich zu entkleiden. Die triefenden Schuhe, die nassen Kleider trug sie hinaus ins Vorzimmer. Die Strümpfe zog sie aus, auch die Röcke, und nahm aus dem Kasten frische, duftende Wäsche. Daneben wurde herumgegangen, gerückt, gesprochen. Man hatte ihr Kommen schon bemerkt. Wie es schien, gingen sie weg; ins Theater, die neue Operette ansehen; sie hatten Stammsitze dort. Sie hörte ihren Vater sprechen, in seiner Art, die ihr auf die Nerven fiel; einzelne Worte scharf herausgestoßen, doppelt unterstrichen, dann bis herunter zum Flüsterton und mählich wieder anschwellend zu besonderer Betonung der Hauptglieder. Einzelne Wörter hörte sie bis hinein. »Landstreicherin.« Das galt offenbar ihr. »Zu dem kranken Juden«... Sie wußten's also schon.

Endlich gingen sie. Die Tür fiel dröhnend hinter ihnen zu.

Sie holte aus dem Kasten im Vorzimmer ihren Flanellschlafrock und schlüpfte hinein. Mechanisch schloß sie die vielen Knöpfe, zog die lange türkische Seidenschnur durch die Mitte und knüpfte sie zu. Dann löschte sie das Licht wieder und sank erschöpft auf das Sofa. So wohlig war's, zu liegen auf den persischen Decken, so weich und warm. Und die himmlische Ruhe im Zimmer, in der ganzen Wohnung. Die Bronze-Uhr auf dem Schreibtisch tickt fein und leise – und kleine Goldglöcklein läuten irgendwo in der Ferne. Irgendwo. Wo ist's nur? Da kommen sie schon: eine große, stille Schar weißer, tanzender Mädchen; lautlos, mit fröhlichen Augen tanzen und schweben sie durcheinander; und die Goldglöcklein singen und läuten. Ein kühler, frischer Wind streicht über die Insel; er bringt Düfte von Narzissen und Jasmin. Das Meer schlägt blau und plätschernd an die Ufer und drängt und schiebt liebkosend seine Wellen, näher und näher, und die Mädchen tanzen. Und die Wellen netzen ihre Füße und höher und höher steigen sie, bis zu den Knien...Die Mädchen blicken süß und mild und still; und auf einmal spannen sie ihre Flügel auf. Feine, durchsichtige Flügel in allen Farben, rosig und gelb und lila. Und sie kosen mit dem Meer, sie locken es, bis es ihnen an die Hüften steigt. Dann schweben sie empor. Still, mit klingenden Goldtönen, schweben sie höher und höher...und ferner und ferner, weit droben am Horizont, bis sie verschwinden. Das Meer weicht zurück. Die Insel liegt da, – im Winter. Nasser Winter ist's. Schnee und Regen fällt und große braune Wasserlachen wachsen an. Niemand ist da; nur sie; mutterseelenallein. Sie irrt über die Insel,

sie sucht etwas; hin und her irrt sie, in schweren, nassen Kleidern, von denen das Wasser nie-
derrieselt; sie sucht etwas; sie friert. – – – – –

Trara, trara, – – unten fuhr die Feuerwehr vorbei.

Lotti erwachte fröstelnd.

Sie stand vom Sofa auf.

Sie ging im Zimmer herum, mechanisch, auf und ab. Etwas Kaltes, Schneidendes hielt sie
umarmt, umklammert; sie wußte nicht, was es war. Sie wehrte sich dagegen, verzweifelnd, mit
ihrer letzten Lebensenergie. Übergehen können: Das war's! Hinüber zum Großen, Weiten, All-
gemeinen, heraus aus dem persönlichen Leid! Stirb, mein kleines Weh, in dem großen Welten-
schmerze! Die Umarmung wurde eisiger, klammernder. Es faßte sie an. Rüttelnd, tobend. Es
brach aus ihr heraus: wie reißender Strom, wie heulender Sturm. Es warf sie nieder. Die Tür
flog auf, schwarz kam es herein, schwarz und massig, über sie hin, tretend, zerfleischend, erbar-
mungslos. Das war es. Das war das Leid, das wilde, furchtbare Menschenleid... Sie lag auf dem
Boden. Sie griff mit zuckenden Händen um sich, sie fuhr in ihr Haar, sie stieß gellende, fremde
Schreie aus: Stefan, Stefan! Es würgte sie an der Gurgel, es riß ihr die Augen auf, sie mußte
sehen, sehen... den Kranken, der mit ihr ein Leben leben gewollt, so voll Schönheit, daß alle
Götter zitterten vor Neid. Fünf Jahre hatten sie sich verzehrt in Sehnsucht. Sie sah ihn, jetzt
erst: dort, wo sie ihn heute gefunden, dort lag er siechend, nicht sterbend, Jahre, Jahre lang!
Und sie, eine arme, verlassene Welt, einsam im großen Raum, verloren... Nicht sehen! Flüch-
ten! Irgendwohin in die Weite. Sich verbergen, tief untertauchen, in ein Meer hinunter. Oder
nein. Tanzen, tanzen, bis die Besinnung schwindet. Tanzen, am Strand von Sorrent, wirbelnd,
jagend, und höher und höher und kleiner und winziger... ein flimmernder Punkt, hoch oben
im Weltraum, schwirrend, tanzend...

Heiß brachen die Tränen aus ihr hervor. Kein erlösendes Weinen: ein Strom, der jäh die
Dämme überflutet, zurückgeworfen wird und gefesselt.

Sie richtete sich auf. Vom Fenster schien ein fahles Abendlicht herein. Draußen war die Weite, mit den sausenden Welten. Sie kroch, sie schleppte sich ans Fenster. Es regnete nicht mehr.
Weit, blauschwarz spannte sich's droben. Und blitzten da nicht flimmernde Sterne? Und war
da nicht... hing dort oben nicht...? Sie schaute hinauf, sie nickte, mit irrem, grüßendem Lächeln. Da hing er. Der eiserne Haken. Sie kannte ihn, sie hatte ihn schon früher einmal – wo
war's nur? – in irgend einem Traume gesehen. Der eiserne Haken mit der langen Schlinge. Bis
herunter reichte sie zur Erde. Und kroch's da nicht durch die schwarze, nächtige Gasse? Mit
tausend Gliedern schleppte es sich heran, schwer und mühsam, mit tausend Gliedern und einem
einzigen Kopf. Das litt. Das war die Menschheit. Die kleine Menschheit, die nicht sah, wie groß
das alles war. Jetzt richtete es sich auf, reckte die Glieder: mit tausend Fingern griff es nach der
Schlinge und legte den einzigen Kopf hinein. Und oben wurde angezogen...

Sie lehnte am Fensterkreuz. Mechanisch, wie ein Traum, löste sie die Schnur vom Leib. Die
schöne, türkische Seidenschnur. Sie ließ sie durch die Finger gleiten. Dann knüpfte sie zwei
kleine, feste Schlingen. An beiden Enden. Eine zog sie durch die andere, daß es eine große,
lose Schlinge wurde.

Ein Sessel stand da. Sie stieg hinauf, die Schnur in der Hand. Die kleine, feste Schlinge legte
sie um das Fensterkreuz. Mit der großen, losen, spielte sie, glitt mit der Hand hin und her darin.

Und dann, mit einer plötzlichen, kleinen Bewegung, streifte sie sie über den Kopf. Wie
locker das war! Wenn sie's jetzt machte, wie der Schwimmeister immer kommandiert hatte? Die
Schwimmschule fiel ihr ein, vom vorigen Sommer. »Eins, zwei, drei,« hatte er kommandiert,
»dann abstoßen mit den Füßen!«

Der Sessel fiel um, polternd, ins Zimmer hinein.

Die Lüge

Die Janowitzky war krank, gewiß, das unterlag keinem Zweifel. Aber solche Geschichten brauchte sie deswegen doch nicht zu machen, und das Geschrei in der Nacht hätte sicher nicht sein müssen. Das ganze Pensionat wurde in der Nacht gestört durch diese gellenden fürchterlichen Schreie.

Die Pensionärinnen, die mit ihr in dem großen Schlafsaal lagen, waren einfach empört. Andere Kinder hatten doch auch schon Bronchialkatarrh gehabt, aber keine hatte es so getrieben wie die Janowitzky, und mit keiner waren solche Geschichten gemacht worden. Die besten Suppen – bekam sie. Das schönste Stückchen Braten – bekam sie. Und gab es Wurst zum Nachtmahl – sie bekam sicher ein Schnitzel oder ein Stück Huhn... Und jeden Tag kam der Herr Regimentsarzt wegen ihr ins Pensionat und fand nicht, daß ihr etwas Besonderes fehle.

Dennoch trieb sie es immer ärger und lag nun schon lange zu Bett, während die anderen sich plagen mußten zur Weihnachtsprüfung.

Die Erbitterung gegen die Janowitzky verband sich mit einem heimlichen Neid. Wie gut sie es hatte! Und beklagen durfte man sich auch nicht. Sagte man früh etwas der Präfektin...: »Bitte, Fräulein, sie hat schon wieder geschrien in der Nacht, sie macht es zu Fleiß, damit wir nicht schlafen können...!« – gleich bekam man einen Verweis: »Seid doch nicht so herzlos, dankt Gott, daß ihr gesund seid!«

Interessant wollte sie sich machen, das war das Ganze. Niemand hatte sich früher um sie gekümmert. Die Mädchen aus der Provinz wurden von den kleinen Wienerinnen nicht als gleichwertig betrachtet. Nicht einmal beim Vornamen nannte man sie: die Janowitzky aus Krakau, die Liebich aus Winterberg, die Jungmann aus Saaz, die Fekete aus UngarischHradisch u. s. f. Während die Käthe, die Alma, die Mizzi, die Fini, die Irene, die Paula und noch viele andere sich zusammenschlossen und sich allein als »das Pensionat« betrachteten.

Übrigens war Käthe empört, daß die anderen auf die Janowitzky schimpften. Käthe hatte große schwarze Augen und ein kleines weißes Kindergesicht Sie war in der Klasse die Beste, und ihre Aufsätze wurden meistens vorgelesen. Spielte man Theater, so bekam Käthe die Hauptrolle, denn auch da war sie die Talentierteste. Gab es zu irgend einer Gelegenheit ein französisches Gedicht zu deklamieren, so mußte wieder Käthe es tun, denn sie hatte den besten Accent. Nur in Arithmetik und Handarbeiten haperte es fürchterlich, und diese Noten verdarben Käthe regelmäßig das Zeugnis. Auch in Klavier konnte sie es zu nichts bringen, obzwar sie mit sehr viel Gemüt spielte; aber nur wenn viele halbe Noten dabei waren oder höchstens viertel. Gab es Achtel oder Sechzehntel oder war gar die Seite schwarz von Strichen, dann war es aus.

Hingegen machte Käthe wunderschöne Gedichte. Hierzu benützte sie gewöhnlich die Handarbeitsund die Rechenstunde. Während die ganze Klasse schwitzte, um dem Professor bei seinen hastigen Jagden auf der Tafel zu folgen, hatte Käthe die schönsten poetischen Inspirationen. Sie besang nicht nur den Lenz, die Freundschaft, die Liebe und andere Ideale, dichtete nicht nur Stammbuchverse für alle Freundinnen und Prologe zum Geburtstage der Vorsteherin, sondern sie wußte auch die verschiedenen lieblichen Eigenheiten der Herren Professoren in schönen Versfüssen, zu besingen oder die klassischen Produkte »anderer Dichter« zu passenden Anlässen umzuarbeiten. Die ganze Klasse freute sich neidlos, wenn wieder etwas »fertig« geworden war, denn Käthe war es gelungen, unter ihren Mitschülerinnen gleichzeitig Liebling und Autorität zu sein. War etwas »fertig« geworden, so schlich nach der Stunde versteckt eine nach der andern auf den Boden. Hier thronte Käthe inmitten all der kleinen Mädchen auf einem Koffer und verlas ihr neuestes Opus. Stolz wie eine kleine Heldin stieg sie dann vom Koffer herunter und nahm mit gleichgültiger Miene alle Glückwünsche entgegen. Sie war an ihre Erfolge gewöhnt, aber sie mißbrauchte sie niemals. Drum eben war sie der Liebling.

Und dieser Liebling, nach dem sich sonst alle richteten, war jetzt mit dem ganzen Pensionat in Widerspruch...»Es ist niederträchtig, daß ihr über die Janowitzky schimpft – sie schreit doch nicht zum Vergnügen!«

Bei Tisch, wenn das Fräulein fragte: »Wer trägt heute der Janowitzky das Essen hinauf?« – war es immer Käthe, welche die Hand hob und sich dazu meldete.

»Aber du hast dich doch früher nie um sie geschert?« fragte Fini, die eifersüchtig war.

»Aber jetzt ist sie krank, und ihr seid alle scheußlich zu ihr, – drum g'rade!«

Eines Morgens, als das Fräulein geweckt hatte und die Pensionärinnen sich verschlafen in ihren Betten aufrichteten und die Strümpfe anzuziehen begannen, sagte plötzlich Fini:

»Schaut doch die Janowitzky!« Alle blickten hin.

Da saß die Janowitzky, ein großes, rothaariges, sommersprossiges Mädchen von vierzehn Jahren aufrecht im Bett und nickte ein paarmal mit dem Kopfe. Dabei öffnete sie den Mund und schloß ihn wieder, als ob sie Luft schnappen wollte.

Der Anblick war zu drollig. Die Kinder kicherten und lachten, und Fini rief, indem sie sich stöhnend vor Lachen auf den Polster zurückwarf:

Wie mein Ziegenbock aus Tragant, wißt ihr, den ich neulich bekommen habe, der hat den Kopf auf Draht und wackelt gerade so ...«

Käthe war schon außer Bett und stampfte zornig mit dem Fuß: »Pfui Teufel, schämt euch!«

Im selben Augenblick kam das Fräulein herein: »Vorwärts – vorwärts ins Waschzimmer!«

Damit trieb sie die kleine Schar halb angekleidet vor sich her.

Alle eilten ins Nebenzimmer zu ihren Waschtischen. Bald hörte man nur noch ein Pritscheln, Pusten und Schnaufen.

Käthe war mit dem Waschen fertig und wollte eben beginnen, sich zu frisieren. Sie hatte schon ihren dikken, schwarzen Zopf gelöst, als sie bemerkte, daß sie ihren Kamm im Schlafsaale vergessen hatte.

Sie beeilte sich, ihn zu holen, denn es war schon spät, und die Frühstücksglocke mußte jeden Augenblick läuten.

Sie trat ins Schlafzimmer. Es war noch nicht gelüftet, und ein warmer, schwerer Dunst schlug ihr entgegen. Die Wintersonne spielte auf den weißen, offenen, zerdrückten Betten, und einer ihrer Strahlen schien grell ins Gesicht der Janowitzky. Große, gläserne Augen blickten die Eintretende an ...

Käthe wollte zu ihrem Bette eilen und den Kamm holen. Aber sie konnte sich nicht vom Platze rühren, eine starre Lähmung hielt sie gefangen und zwang sie, in das fahle, sonnenbeschienene Gesicht mit den fletschenden Zähnen zu blicken ...

»Janowitzky,« sagte sie.

»Janowitzky – hörst du?« wiederholte sie bebend.

»Janowitzky –« flüsterte sie, und ihre Zähne schlugen klappernd zusammen.

Mit vorgebeugtem Körper blickte sie starr in das regungslose, verzerrte Gesicht ... Und dann stieß sie einen Schrei aus, einen einzigen, langen, gellenden Schrei ...!

Die Tür vom Waschzimmer wurde aufgerissen, und die Mädchen stürmten herein mit offenem Haar oder halb geflochtenen Zöpfen, in ihren kurzen, weißen Unterröcken. Mitten unter ihnen die Präfektin.

»Was ist denn? – Käthe! – Was hast du?«

Das Kind stand noch immer wie gelähmt, mit starren, festgebannten Blicken:

»Die – Janowitzky – –«

Die Präfektin schob die Kinder auseinander und trat an das Bett der Janowitzky. – Plötzlich wurde sie kreidebleich, die gelockten braunen Haare auf ihrem Scheitel stiegen wie durch einen Luftzug emporgerichtet in die Höhe, und ihre Spitzen zitterten ...

»Alle – hinaus –!« sagte sie mit gebrochener, heiserer Stimme; »die Vorsteherin – sofort –!«

II.

Sie schlichen auf den Fußspitzen umher, und keine wagte laut zu sprechen. Nicht ein einziges Mal während der zwei Tage, da die Tote – aufgebahrt im Fremdenzimmer – noch im Hause lag, brauchte das Fräulein zur Ruhe zu mahnen.

Ein schwerer Schreck lag über den dreißig Kindern und hielt sie gefangen...

Alle hatten sie geweint und hatten es gar nicht glauben können, daß eine von ihnen gestorben war. – Und wie hatten sie sich gegen sie benommen, wie schlecht und herzlos! Alle, alle hatten sie sich Vorwürfe zu machen – nur Käthe nicht. Käthe war immer gut gegen sie gewesen. Ja, Käthe! Käthe war eben klüger und besser als alle! Die hatte gleich gesehen, wie krank die arme Janowitzky war. Und die anderen, wie bös waren sie gewesen, wenn die Arme in der Nacht geschrien hatte! Und hatten sie noch beim Fräulein verklatscht! Sogar verspottet hatten sie sie – damals am letzten Morgen – huh, huh – Fini legte schluchzend den Kopf auf die Tischplatte: der Ziegenbock – und da war sie gerade im Sterben gelegen!

–––––––––––

»Schleimschlag,« hatte der Herr Regimentsarzt gesagt. »So etwas kommt oft vor.«

Die Verwandten und der Vormund waren verständigt worden – denn Eltern hatte die Janowitzky keine mehr gehabt – und hatten depeschiert, sie solle in Wien begraben werden.

Am ersten Tage war kein Unterricht, und die Mädchen saßen beisammen und sprachen flüsternd von der armen Janowitzky.

Gegen fünf Uhr nachmittags sagte die Marinka aus Böhmen, die hier war, um Deutsch zu lernen:

»Wo wirdte jetzt sein?«

»In der ewigen Seligkeit,« entgegnete Alma, ein blondes, stilles Mädchen.

»Was fällt dir ein,« sagte die Jungmann aus Saaz, die sehr fromm war, gewöhnlich als erste aufstand, in Religion, Zeichnen, Handarbeiten und »äußerer Form« »Eins« – und im Kasten immer Ordnung hatte. – »Was fällt dir ein,« sagte sie und blickte auf die Uhr; »jetzt um 5 Uhr kann sie noch nicht dort sein...Jetzt ist sie noch nicht einmal im Fegefeuer – erst am Weg.«

Und sie schlug ein Kreuz. – Die anderen schwiegen voll ehrfürchtigen Schauers. Nur Rosa Weifl aus der I. B., eine sehr gute Schülerin, sagte erstaunt: »Du, Jungmann, wie kannst du denn das wissen – das mit der Seele, das ist doch nicht so wie hier – das kann man doch nicht so ausrechnen?«

Die Jungmann sah sie mit ihren hervorstehenden blauen Augen kalt an: »Misch' dich nicht hinein – du bist doch eine Israelitin.«

Rosa Weiß wollte zornig auffahren. Aber die Jungmann fuhr fort: »Es braucht dich ja nicht zu beleidigen – was wahr ist, kann man sagen – und eine Israelitin kann doch nicht wissen, was im Katechismus steht.«

Rosa Weiß schwieg beschämt. Abseits von allen saß Käthe. Warum sie abseits saß, wußte sie eigentlich nicht. Sie hatte nur das Gefühl, daß das so sein mußte. Denn alle behandelten sie mit so viel Ehrfurcht – beinahe Respekt – und trösteten sie mitleidig, als ob ihr eine Schwester oder eine Freundin gestorben wäre. Und Käthe ließ sich trösten.

Als die Glocke zum Nachtmahl läutete, erhob sie sich, besann sich aber und setzte sich wieder.

Alle zogen an ihr vorbei auf den Fußspitzen. »Du gehst nicht, Käthe?« – »Arme Käthe!« – »Du warst die Einzige.« – »Iß doch etwas, Käthe, du wirst ja ganz herunterkommen.«

Käthe schluchzte und sank matt in den Sessel zurück. »Sie ist schon ganz schwach, Käthe, schon' dich!« – »Schau, es hat sein müssen, der liebe Gott hat es so gewollt.«

Käthe schluchzte herzbrechend. Sie zogen ab, eine nach der andern, und Käthe blieb allein zurück.

Nach einer halben Stunde kamen sie wieder. Fini trat zu Käthe. »Was habt ihr gehabt?« fragte Käthe mit matter Stimme.

»Knödl mit Kraut,« antwortete Fini traurig.

III.

Am Begräbnistage gingen die Pensionärinnen paarweise hinter dem Sarge.

Käthe ging mit Fini. Als der Sarg in das Grab hinuntergelassen wurde, schluchzten alle, und Fini legte fürsorglich den Arm um Käthe: »Stütz' dich auf mich, Käthe!« Auf dem Rückwege wankte Käthe so sehr, daß der Herr Bürgerschul-Direktor, ein freundlicher alter Herr, zu ihr trat und sie unter den Arm nahm.

In der Dämmerung kamen sie nach Hause. Bevor die Lampen gebracht wurden, durften die Pensionärinnen um diese Zeit immer plaudern und auf und ab gehen. Zwei Tage hatten sie nicht laut zu sprechen gewagt. Nun, da die Janowitzky begraben war, schien es ihnen wie eine Befreiung.

Die lange Jetta war die erste, welche den alten Ton wieder anzuschlagen wagte. Sie stand mit verschränkten Armen an ihre Kastentür gelehnt und erzählte einen Witz. Einen ausgezeichneten Witz. Die lange Jetta wußte immer solche Witze. Woher sie die nur hatte!

Die »Intimen« saßen um die lange Jetta herum. Eben als sie zur Pointe kam, sprang die lustige Paula auf und hielt ihr den Mund zu. Im Spaß natürlich. Die anderen aber schrien vergnügt: »Lass' sie doch – lass' sie, – Jetta erzähl'!«

Paula ließ nicht ab, Jetta wehrte sich, die anderen stürzten auf die beiden, und alle rauften.

Eben als Jetta befreit war und Paula am Boden lag, rief Fini, die mitgerauft hatte, sich plötzlich erinnernd: »Kinder, die Janowitzky! Hören wir auf! Und denkt doch an Käthe!«

Käthe war mitten unter ihnen gesessen.

Jetzt, als Fini von ihr sprach, stand sie auf und winkte Fini mit der Hand ab: »Laßt euch durch mich nicht stören,« sagte sie und wankte hinaus.

Betroffen blieben die anderen Kinder zurück. – »Die arme Käthe.!« – »Schrecklich!« – »Wenn sie nur nicht krank wird!«

IV.

Acht Tage waren vergangen. Im Pensionat sprach man noch von der Janowitzky, aber es lag kein Schreck und kein Schmerz mehr in den Worten. Die alten Vergnügungen waren wieder aufgenommen worden, die guten Witze in der Dämmerung, die Streiche und Verschwörungen gegen die »Braven« und die heimlichen kleinen Komödien mit verteilten Rollen, die man in der Nacht aufführte, wenn die Präfektin in ihrem Zimmer fest und sicher schlief.

Nur Käthe wurde natürlich zu all dem nicht aufgefordert, man schonte ihren Schmerz und tröstete sie…

Heute morgens erst war eine riesige Hetz gewesen. Paula, Fini und Jetta hatten der Jungmann einen Streich gespielt – einen famosen, köstlichen Streich! Die Jungmann war verhaßt wegen ihrer Bravheit, besonders aber, weil sie eine »Lohndrückerin« war, wie die kluge Irene, deren Vater im Parlament saß, sich ausdrückte – eine Lohndrückerin der Zeit, indem sie nämlich noch früher aufstand, als man mußte, um dann vom Fräulein als Beispiel aufgestellt und gelobt zu werden. »Na warte, Schlange,« dachten die drei Verschwörerinnen, »morgen sollst du auch einmal zu spät kommen!« Sie hatten den Abend vorher geheimnisvoll konspiriert, aber niemand wußte, was sie tun würden.

Am Morgen gab es ein großes Geschrei. Die Jungmann saß schimpfend und schreiend im Hemde auf ihrem Bette, in der Hand hielt sie ihre Hosen, nicht etwa weiße Höschen mit Spitzen, wie die Wienerinnen sie trugen, sondern sie trug rote Flanellhosen, und hatte überhaupt gar keinen Chic, was zu ihrer Verachtung sehr viel beitrug; in der Hand hielt sie also ihre roten Flanellhosen und bemühte sich vergebens, hineinzuschlüpfen, denn unten waren die Hosen mit zwei Reihen fester Hinterstiche zusammengenäht.

Weinend vor Zorn, schimpfend und drohend machte sie sich daran, die engen, festen Stiche aufzutrennen, und kam richtig zu spät in die Klasse.

Käthe hatte von ihrem Bette aus alles beobachtet. Sie spürte ein Würgen und Ziehen im Zwerchfelle, ein Schlucken und Glucksen in der Kehle, aber sie wendete sich ab und seufzte tief…

V

»Was spielen wir heute?« sagte Fini vergnügt am Abend desselben Tages, als die Präfektin gegangen war und sie die Tür ihres Zimmers zufallen hörten.

»Es kommt ein Mann aus Ninive,« schlug Paula vor.

»Hör' auf, das ist doch zu kindisch!« war die verächtliche Antwort.

»Also was denn?«

»Negerlein,« beantragte eine schüchterne Stimme, die der blonden Alma gehörte.

»Negerlein? Prachtvoll! Das haben wir schon lange nicht gespielt.«

Im Nu waren alle aus den Betten.

»Alle kann ich nicht brauchen,« sagte Fini, die selbstverständlich das Amt der Arrangeurin übernommen hatte, energisch. Mit streng sachlichem Ernst und unbeirrbarem Zielbewußtsein wählte sie unter den vielen kleinen Mädchen, die sich in ihren langen Nachthemden um sie herum drängten, acht heraus.

»Die anderen zurück – marsch ins Bett!« kommandierte sie.

»Und wer ist Obernegerlein?« fragte Paula, die zurückgeschickt worden war, trotzig von ihrem Bett aus.

»Obernegerlein ist doch immer Käthe,« sagte Alma eifrig, »Käthe kann es am besten.«

Fini warf ihr einen strafenden Blick zu. »Aber Alma!« sagte sie vorwurfsvoll.

Und Irene fügte hinzu: »Pfui, wie roh du bist!«

Alma stotterte … sie habe vergessen … und warf einen ängstlichen Blick auf Käthe, die mit verschränkten Armen und düsterer Miene in ihrem Bett lag.

»Ich werde selbst Obernegerlein sein,« sagte Fini entschlossen.

Darauf stellten sich die acht in ihren langen Nachthemden im Gänsemarsch auf, und Fini trat an ihre Spitze.

»Nicht zu laut, das sag' ich euch, damit die Condée« – das war die Präfektin – »nicht aufwacht. – – Und jetzt: Knickt ein und vorwärts marsch!«

Alle knickten die Knie ein, so daß sie wie auf niedrigen O-Füßen mühsam watschelten. Wer am längsten so gehen konnte, hatte gewonnen. Bei jeder Strophe durfte eine austreten. Fiel sie aber mitten in der Strophe hin, so mußte sie Strafe zahlen.

Langsam setzten sie sich in Bewegung, rund um den großen Schlafsaal, und sangen dabei mit vorsichtig gedämpften Stimmen zu einer choralartigen Melodie den sinnigen Negerleintext:

> Neun kleine Negerlein
> Gingen auf die Wacht,
> Das eine ist erschossen worden –
> Waren nur mehr acht.

Bums! da lag eine am Boden. Die kleine Emmy hatte sich als die erste erschießen lassen, weil ihr die Füße gleich weh taten.

Feierlich tönte der Sang weiter:

> Acht kleine Negerlein
> Gingen in die Rüben,
> Das eine ist dort umgefallen –
> Waren nur mehr sieben.

Wieder fiel eine hin, und wieder sangen die Ausharrenden weiter:

> Sieben kleine Negerlein
> Kamen zu 'ner Hex',
> Das eine hat sie umgebracht –
> Waren nur mehr sechs.

So ging es weiter mit kleinen Änderungen im Text, bis bei den letzten zwei Negerlein die Situation bei der höchsten dramatischen Steigerung angelangt war und alle in Spannung in ihren Betten auf das Resultat harrten:

> Zwei kleine Negerlein
> Standen am Ufer des Rheins
> Das eine ist hineingefallen –
> War nur mehr eins!

Da lag Fini am Boden.

In hellem Siegesjubel hopste Irene, das sieghafte Negerlein, mit geraden Füßen sprungweise durch das Zimmer und sang triumphierend:

> Ein kleines Negerlein
> Ging nach Afrika hinein,
> Es hat sich dort verheiratet –
> Da waren wieder neun.

Dann sprang sie ins Bett, und die Auszahlung des Siegespreises von fünf Kreuzern aus der Spielkasse wurde auf den Morgen vertagt.

Die Kerzen wurden ausgelöscht und die Negerlein streckten die müden krummen Glieder.

Alle schliefen...Nur Käthe lag wach in ihrem Bett. Sie hätte weinen mögen. Warum war es denn so selbstverständlich, daß sie nicht Obernegerlein sein und überhaupt nicht mitspielen durfte?!

Aber sie mußte es tragen – denn sie war ja unglücklich...

VI.

Frau Ullmann, die Vorsteherin, leitete auch die deutsche Stunde. Heute waren die Aufsätze zurückgegeben und Käthes Arbeit war vorgelesen worden. Das Thema lautete »Weihnachten«, und die Ausführung war ganz frei. Die meisten hatten das Weihnachtsfest oder die Vorbereitungen dazu beschrieben. Käthe aber hatte das germanische Sonnwendfest geschildert, die Weihe-Nachten, wo Bursch und Mädchen um das flammende Rad tanzten und die Mistelzweige schwangen.

Frau Ullmann hatte den Aufsatz öffentlich gelobt und vorgelesen.

Käthe klopfte das Herz vor Freude, und ein brennendes Rot war in ihre Wangen gestiegen, als die Vorsteherin las...

Am Nachmittag saß sie fleißig beim Buche, als Paula im Vorbeigehen ihr zuflüsterte: »Schade, daß du nicht dabei warst.«

Käthe sah flüchtig auf: »Was gibt's denn?«

Paula blickte sich vorsichtig um, ob keine von den »Kleinen« in der Nähe sei und etwas hören könne.

»Du weißt nichts?« flüsterte sie. »Die Jetta hat etwas ausgedacht, etwas Großartiges, sie sind noch alle unten.«

»Wo denn?«

»Na im Schlafzimmer, bei der Maritschel.«

Die Maritschel wurde eigentlich die blöde Maritschel genannt, denn sie war sehr zurückgeblieben und von ihrem Papa nur ins Pensionat gegeben worden, damit sie unter Altersgenossinnen sei und vielleicht ein wenig munterer werde. Sie besuchte auch die Schule, um zuzuhorchen, war aber vom Unterricht dispensiert, weil sie sich nichts merken konnte. Einmal hatte sie sehr geweint und gesagt, sie möchte auch einmal geprüft werden. Da hatte Käthe mit den anderen um eine Tafel Schokolade gewettet, die Maritschel werde geprüft werden und »Eins« bekommen. Alle lachten, aber Käthe setzte sich mit der Maritschel hin und erklärte ihr einen ganzen Nachmittag lang die Geschichte von Dido mit der Ochsenhaut. Sie hielten gerade bei der Gründung Karthagos, und Käthe meinte, das sei der Maritschel beizubringen. Sie zeigte ihr an Papierstreifen, wie Dido die Ochsenhaut zerschnitten und wie sie dann schlau den weiten Bodenraum damit umspannt hatte. Und richtig: in der nächsten Geschichtsstunde wurde der Herr Professor verständigt, daß die Maritschel Körner heute »gelernt« habe... Der Professor schüttelte den Kopf und rief sie heraus. Noch bevor er eine Frage an sie richtete, begann sie stotternd zu erzählen, wie Dido die Ochsenhaut zerschnitt...

Maritschel hatte seit kurzem einen kleinen Schnupfen, und da man seit dem Tode der Janowitzky ungemein ängstlich geworden war, mußte sie deswegen zu Bette liegen.

Und da unten, bei ihrem Bett, war etwas Unerhörtes, noch nie Dagewesenes geschehen, was die lange Jetta ausgedacht hatte und Paula nun flüsternd erzählte:

Sie hatten die Emmy – das war eine der Kleinsten – als Baby in Decken eingewickelt, ihr Gesicht mit einem Schleier bedeckt und dann...

Paulas Worte übersprudelten sich, auch hatte sie Eile, wieder hinunter zu kommen.

Käthe klopfte das Herz in heißer Sensationslust:

»Und was war dann?«

»Dann –« Paula konnte kaum weitersprechen vor Kichern, dabei sah sie sich ängstlich um, »dann haben wir sie zu der Maritschel getragen und ihr gesagt, sie sei krank, weil sie ein Kind bekommen habe, und das sei das da.«

Käthe fiel auf ihren Sessel nieder und hielt sich die Hände vor den Mund, um nicht laut herauszulachen.

»Sie hat schrecklich geheult,« fuhr Paula fort, »und wir haben uns gefürchtet, daß die Präfektin kommt. Dann hat die Jetta gesagt, sie soll still sein, wenn man ein Stück Zucker aufs Fenster legt, holt der Storch das Kind wieder und nimmt's zurück. – Darauf hat die Maritschel gleich den ganzen Zucker von der Jause hergegeben, wir haben die Emmy fortgetragen und ausgepackt.«

Käthe schüttelte sich vor Lachen und rang nach Luft.

»Schade, daß du nicht dabei warst,« sagte Paula nochmals...

Plötzlich lachte Käthe nicht mehr. Ja, warum war ich denn nicht dabei, warum haben sie mich denn nicht geholt? dachte sie und sah Paula zornig an.

Sie war wütend darüber – und durfte es doch nicht sagen... Alle trieben Unfug und machten Streiche – nur sie mußte trauern... Ja, warum tat sie es denn? – Aber sie mußte ja...

Sie wendete sich von Paula ab und ging mit zorniger Miene zum Fenster, »Wir gehen jetzt alle in den Garten; gehst du mit?«

Paula bekam keine Antwort; Käthe stand beim Fenster und trommelte auf die Scheiben.

Sie blieb allein oben zurück, während die anderen in warmen Winterkleidern im Garten spazieren gingen oder turnten. Mochten sie unten sein. Sie konnte da bleiben. Wenn sie sie nicht riefen zu den Streichen, brauchte sie auch nicht in den Garten zu gehen. Das schickte sich ja auch nicht, wenn man so trauerte wie sie... Die waren freilich herzlos. Was lag ihnen an der armen Janowitzky!

Und plötzlich legte sie den Kopf auf die Tischplatte und begann zu schluchzen. Ein Strom von Tränen stürzte aus ihren Augen, ihr ganzer kleiner Körper war geschüttelt vom Weinen, und es bedrückte ihr schwer, das Herz, wie gut sie war und wie viel sie leiden mußte... Und herzbrechend schluchzte sie vor bitterem Erbarmen mit sich selbst.

Sie hatte nicht gehört, daß jemand die Tür geöffnet hatte und eingetreten war.

Nun, als sie den Kopf hob, um ihr tränennasses Gesicht zu trocknen, stieß sie einen kleinen Schrei aus, erschrocken, verwirrt... Vor ihr stand die Vorsteherin.

Von Frau Ullmann angesprochen zu werden, galt im Pensionat als ein aufregendes Ereignis. Ein Lob aus ihrem Munde war die stolzeste Freude, ein Tadel selbst für die Kecksten und Schlimmsten vernichtend. Ihr glänzendes, weißes Haar, ihre guten grauen Augen, die doch manchmal streng aufleuchten konnten – ihre ganze Person umgab eine Atmosphäre von Verehrung, Zurückhaltung, Mäßigung...

»Warum bist du nicht im Garten. Käthe?« fragte die alte Dame leise und ruhig. Käthe suchte nach einer Antwort.

»Ich – – ich will nicht – mit den anderen –« stotterte sie endlich.

Frau Ullmann sah sie prüfend an. »Du willst nicht mit den anderen spielen und lustig sein, nicht wahr, Käthe?«

Käthe nickte eifrig und drehte ihr Taschentuch.

»Seit dem Tode der Janowitzky?« fuhr die Vorsteherin fort.

Wieder nickte Käthe, und schon meldete sich wieder das wehmütige Erbarmen, und ein Schluchzen hob ihre Brust.

Plötzlich schrak sie zusammen. Es war ein freudiger, süßer Schreck und doch etwas Beklemmendes dabei, wie eine ängstliche Ahnung... Die Vorsteherin war zu ihr getreten, hatte ihren Kopf zwischen beide Hände gefaßt und sah ihr tief in die Augen...»Käthe,« sagte sie langsam und jedes Wort betonend, »ist denn das auch wahr – deine Trauer?«

Ein heißes, dunkles Rot stieg in die Wangen des Kindes. Die beiden gütigen Hände, in denen ihr Kopf ruhte, schienen ihr plötzlich wie glühende Klammern, und sie hätte die Augen schließen mögen, nur um diesem grauen, klaren Blick nicht zu begegnen.

»Käthe,« sagte die Vorsteherin, »ich weiß, du lügst nicht. Du hast noch nie mit Worten gelogen – nicht wahr?«

Käthe schwieg. – Aber etwas Neues, Fremdes stieg langsam in ihr auf, mit brennender, quälender Ahnung... Es sauste in ihren Ohren, und wie von ferne hörte sie die Worte der Vorsteherin: »...Es gibt eine Lüge, die nicht mit Worten gesprochen wird und die ärger und tiefer ist als alle andern...«

Dann lösten sich die beiden weichen Hände von ihrem Kopf – Schritte tönten – und als sie die Augen vom Boden hob, war sie allein...

Und wieder verbarg sich das Kindergesicht schluchzend in den Händen, wieder wurde der kleine Körper durchrüttelt vom Weinen. Aber da war kein Mitleid mehr mit sich selbst. Heiße, brennende, tiefe Scham stieg ihr siedend zu Kopfe, eine unbestimmte zornige Empörung gegen sich selbst erschütterte sie, und sie fühlte nur, daß sie irgend etwas gut machen mußte, gleich, auf der Stelle, hinuntergehen zu den Freundinnen und zeigen, was so brennend und schrecklich war...

Hastig trocknete sie ihr Gesicht und eilte in den Garten.

Fini schwang sich gerade auf dem Reck, und die Freundinnen umstanden sie.

Verwirrt, verlegen näherte sich ihnen Käthe.

»Wie werden sie staunen, wenn ich jetzt so komme...« durchfuhr es sie.

Sie zögerte einen Augenblick, dann trat sie mit heißen, schamroten Wangen zu den Freundinnen hin:

»...Ich – ich will mit euch spielen...«

Krisis

»Wisse dein Kreuz zu

tragen und glaube!«
Tschechoff: Die Möwe

Friedrich Florian kam von der Universität. Der Wind wehte frisch und kühl durch die Straßen, und die Luft war voll von Blütenduft. – Als er die vier Treppen hinauf geklettert war, und die Tür seiner Mansarde öffnete, sah er auf dem Fußboden bei der Tür, unter der Spalte, die er zu diesem Zweck hatte machen lassen, einen Brief liegen. Er sah den gedruckten Kopf des Couverts – hastig bückte er sich danach; das kam von einer Redaktion. Der Inhalt war kurz: »Geehrter Herr Florian! Wollen Sie uns im Laufe des Nachmittags gefälligst aufsuchen. Wir haben Ihnen eine Proposition zu machen, die Ihren uns bekannten Wünschen entsprechen dürfte. Hochachtungsvoll die Redaktion.«

Er atmete auf. Endlich, endlich! Eine lichte Röte war in sein Gesicht gestiegen. Seine Augen leuchteten. Endlich Brot, endlich Sicherheit! Freilich, daß es gerade von diesem Tagesblatt kommen würde, hatte er nicht vermutet – er hatte an die andere Seite gedacht... Aber wenn es nur etwas Sicheres, Fixes war, etwas, auf das man sich verlassen und mit dem man bestimmt rechnen konnte. Nicht mehr angewiesen sein auf das unsichere Erträgnis seiner Mitarbeiterschaft bei den wenigen Zeitschriften, die allein für ihn in Frage kamen, auf den »Gang« seiner Bücher, den zu beschleunigen er so wenig verstand. Nicht mehr gequält sein von der Sorge um das Notwendige, und frei von den peinigenden Selbstvorwürfen der Unpraxis, der Unfähigkeit, an Geld zu denken, während man arbeitete... Er schrieb seine Bücher, weil er sie schreiben mußte, in heißem latenten Ringen, in fortwährendem Werben – Zurückweichen und Wiederbeginnen, Fliehen und Nähern – Werben um das Lichte, das über den Dingen lag, um die verzauberte Wahrheit, die in ihnen steckte, und die nur herausgeholt werden konnte durch heißen Kampf – die Märchenprinzessin, die sich nur erlösen ließ, wenn man zu ihr drang durch Dornen und Flammen. Ach, und wie konnte man da an Brot denken – im Banne dieser süßen Magie! An Brot und all das andere, das aber doch das Leben reich und vielfarbig macht, an Geld, den Schlüssel zu Formen und Farben, Geld als Mittel zum Zweck – zu Schönheit, Freude, Kultur.

Er saß dem Chefredakteur gegenüber und bemühte sich, seine freudige Aufregung zu verbergen. Der Journalist strich sich durch den graumelierten Bart und klopfte mit den Fingern der andern Hand auf die Tischplatte.

»Ja also, Herr Florian – es ist uns bekannt, daß Sie sich um eine fixe, redaktionelle Stelle bewerben; und da jetzt gerade bei uns etwas frei geworden ist –«

Florian machte von seinem Sessel aus eine leichte Verbeugung: »Es ist sehr ehrenvoll für mich, Herr Redakteur, daß Ihre Wahl –«

»Hm – ja. Wir kennen Sie, das heißt Ihre Bücher, die ja mit so viel – – Interesse gelesen werden, wenn sie auch manchmal ziemlich viel – hm, wie soll ich sagen – Widerspruch erregen... Aber es steckt was drin – viel Talent – das ist ganz zweifellos; und vor allem eine – Kraft, die wir für unsere Zwecke brauchen können...«

Er schwieg und sah dem jungen Mann prüfend ins Gesicht.

»Übrigens wird die Disziplin im festgezogenen Rahmen eines Blattes Ihrem etwas – individualistischem Talente gut tun, junger Mann...«

Florian konnte sich nicht enthalten zu lächeln. Diese seltsamen Schlagworte, die von gewissen Seiten auf alle möglichen und unmöglichen Betätigungen angewendet wurden, hatten für ihn eine starke Komik. »Jetzt kommt die ›Secession‹,« dachte er bei sich. Und da sagte auch schon der Redakteur: »Wie wir sind, wissen Sie ja: wir sind nicht secessionistisch (›nein‹ – dachte Florian – ›das sind sie wahrlich nicht‹) und nicht übertrieben modern – wir sind fortschrittlich bis zu gewissen Grenzen...«

»Die Grenzen,« dachte Florian, »– ach ja! O diese, Fortschrittlichen! Sie billigen die Eisenbahn, das Dampfschiff und andere schöne Dinge – wenn sie hundert Jahre approbiert sind...«

»Zu tun hätten Sie bei uns alles, was Ihnen zugewiesen wird. Darum heißt es auch, Vor- oder Nachmittag, sowie in den Abendstunden da sein.«

Florian neigte zustimmend den Kopf, wenn es sich ihm auch schwer ums Herz legte. Fast den ganzen Tag! – Aber es war ja nur Handwerk, das von ihm gefordert wurde, und handwerklich arbeiten mußte jeder, der nach sicherem Unterhalt verlangte. Und es blieb ihm ja trotzdem noch genug freie Zeit – für sich selbst.

Der Redakteur fuhr fort: »Im übrigen hätten Sie uns wöchentlich zwei Feuilletons zu liefern – leichte, volkstümliche Sachen, wie sie für unsern Leserkreis passen.«

Florian erschrak. Wie? Konnte man denn das? *Erfinden* mit der Pünktlichkeit einer Uhr? Und Skizzen im »Volkstümlichen« – Biedermeierton dieser Zeitung – zweimal wöchentlich – die sollte er schreiben?

»Natürlich müssen die Sachen durchaus – einwandfrei sein,« fuhr der Redakteur fort, – »Sie verstehen, – ohne ein einziges Klippchen, an dem man Anstoß nehmen könnte... Und auch wenn Sie – privatim schreiben, werden wir Sie, – wenn Sie mal bei uns Redakteur sind, bitten müssen, – diese Tatsache nicht aus dem Auge zu verlieren...«

Er machte eine Pause, wie um dem andern Zeit zur Entgegnung zu lassen. Dann fuhr er fort:

»Dafür bieten wir Ihnen – dasselbe wie Ihrem Vorgänger.«

Und er nannte die Summe.

Friedrich Florian durchfuhr es wie ein elektrischer Schlag. Herrgott, diese Summe – jeden Monat! Alle seine Skrupel waren verflogen.

»Also Sie sind einverstanden, Herr Florian?«

»Gewiß, gewiß,« stammelte er mit rotem Gesicht.

»Also kommen Sie Montag wieder, da werden wir den Kontrakt unterzeichnen. – Auf Wiedersehen.«

»Ich habe die Ehre, Herr Redakteur.«

Er eilte hinunter. Instinktiv schlug er die Richtung ein, in der er wohnte. Plötzlich bog er ab. Nein, nicht nach Hause, hinein in die Stadt wollte er, untertauchen in einem Gewühl von Menschen, nicht sich einschließen mit dem Aufruhr, der in ihm stürmte. Er hatte nicht gedacht, daß es ihn so durchwühlen würde, – wenn er endlich das erreichte, was er nun schon so lange erstrebte.

Da war sie nun, die neue Direktive in seinem Leben. Hei, wie ging sich's anders durch die Straßen, wenn man ein Mann ohne Sorgen war, ein Mann mit »festem Einkommen«. Vorüber das Hangen und Bangen. Freilich, schöner wäre es schon, wenn man frei bleiben könnte, abwarten bis auch jene »Unsicherheit« des freien Schriftsteller-Erwerbes eine »Sicherheit« bedeutete, – weil die Sache in großen Zügen ging. Aber das konnte, ja es mußte noch Jahre dauern, wenn die Entwicklung nicht ungesund beschleunigt, überhastet werden sollte. Und man wollte doch endlich einmal heraus aus dem Bohèmetum, heraus aus der Mansarde, aus dem fliegenden Havelock, aus dem Entree der vierten Galerie, wo man sich zerquetschen ließ, um nur überhaupt teilzuhaben an der Herrlichkeit, Wagner genannt. Schließlich, – die Unfreiheit dort oben in der Redaktion, – Freiheit war's ja, klingende Freiheit, die verschlossene Berge sprengte. Gold ruft: Sesam tu' dich auf, – und weit öffnen sich verborgene Türen, und drin liegt alles Wunderbare hoch aufgehäuft...

Freilich, – dafür hieß es, den ganzen Tag dort oben sitzen, immer »zu Befehl«, zu literarischen Lakaiendiensten bereit; aufschnappen alles, was hingeworfen wird und es »verarbeiten«; unwichtige Nichtigkeiten so lange drehen wenden und beschwatzen, bis sie wichtig erschienen...

Wie ein Schatten legte sich's über ihn, und die Häuser schienen ihm nicht mehr so sonnig dazustehen in dem hellen Frühlingsnachmittag...

Aber schließlich, was für ein Recht hatte er denn, sich immer nur nach seinem Belieben betätigen und sozusagen von seiner Lust leben zu wollen? Arbeiten »nach Zeit«, ehrlich handwerklich arbeiten mußte man, wenn man leben wollte.

»Ehrlich« – hm … Und die »volkstümlichen« Feuilletons in dem bekannten »g'müatlichen« Ton? O wie hatte er ihn immer angeekelt, dieser Ton einer feisten Verlogenheit, die die Mühseligen und Beladenen über ihr Elend hinwegtäuschen und ihre Besinnung über sich selbst klug verhindern wollte durch eine heuchlerische Rührseligkeit, durch Suggestion eines populären »Behagens«, das in Wirklichkeit nirgends für sie da war. Volk – Volk, mit den heiligen, ruhlosen Armen, mit den todesernsten Augen, die das Leuchten verlernt haben, weil sie hineinblicken in die schrecklichen *Werk*-Stätten des Lebens, aus denen alle Formen des Genusses und der Erhaltung hervorgehen, – o für das Volk hätte man anders schreiben müssen!

Aber konnte er das denn nicht? Wozu brauchte man denn sonst das, was sie dort oben »Talent« nannten, – das Erblicken, Erschauen des wahren Kernes der Dinge und das Gestaltungsvermögen des *Wirklichen*? Konnte er denn nicht diese Skizzen des Alltags, die man von ihm verlangte, so schreiben, daß das Alltägliche mitteilenswert wurde und ein Stück Licht dorthin brachte, wo es gelesen wurde?

Aber halt! Wie hatte der Redakteur gesagt –: »einwandfrei, – ohne ein einziges Klippchen!« Fein sachte erzählen, treulich abpinseln die Banalitäten des Alltags! Aber dort, wo eben das kommt, was dem Gesagten erst Lebensberechtigung geben soll, – dort heißt's abschwenken!

Eng und heiß wurde ihm plötzlich. Er knüpfte den Mantel auf. Natürlich, – er war so schnell gegangen, und die Frühlingssonne hatte jetzt schon brennende Strahlen …

Er verlangsamte sein Tempo … Eine Unruhe war in ihm, ein dumpfes, drückendes Unlustgefühl. Warum nahm er nur alles gleich so schwer, so wichtig? Warum immer so viel »Erleben« bei allem?

Ja aber *konnte* er denn das, was man da oben von ihm verlangte, – selbst wenn er wollte? Verflachung und Volksverdummung mitmachen helfen – *konnte* er denn das, war ihm das rein technisch überhaupt möglich? Ließ sich denn Phantasie zu solchen Funktionen zwingen?

Ja, – dort oben sitzen und redaktionelle Arbeit leisten an *vorhandenem* Material, das hätte er wohl können und wollen. Den Einlauf prüfen, der da ist. Eine Auslese treffen, Schlechtes verbessern, einrichten und einrenken – immerhin. Denn es ist da. Ein Buch, ein Stück – etwas Vorhandenes – auf sich wirken lassen und beurteilen, – ja. Aber selber »mitdichten« nach Vorschrift? Phantasie, die lichte, freie Geliebte, zu Stalldiensten erniedrigen?! »Frei erfinden« – für einen bestimmten Tag, zu bestimmtem Zweck, für bestimmtes Geld, in bestimmtem »Rahmen« und – vor allem – in bestimmten »Grenzen«?! Wie – und sogar bei seinen eigenen Arbeiten, die er nicht für die Redaktion schrieb, sollte er darauf Rücksicht nehmen, daß er dort oben angestellt war? – Hatte er denn recht verstanden?!

Siedend heiß war's in ihm, – vergraben in seine peinvollen Gedanken eilte er durch die Straßen. Unerträglich war ja das, was er da eben erlebte … An ihm vorbei fluteten die Menschen, hastig und mit ihren Gedanken beschäftigt, wie er, mit ernsten sorgenvollen Stirnen, denen man es ansah, daß sie hinter ihnen unaufhörlich das Problem wälzten, wie es anzustellen sei, sich zu erhalten und durchzusetzen … Alles jagte dem Brot nach. Und war das nicht auch *seine* Pflicht, – war es nicht einfach seine Faulheit, die sich dagegen sträubte?

Herrgott, – die Menschen mußten doch noch ganz andere Dinge tun, um des Brotes willen. Er besann sich auf die vorige Nacht, wo er nach einem Theaterabend mit ein paar Freunden in einem Nachtcafé gestrandet war. »Volkssänger« waren dort gewesen, und als sie hinkamen, hatte gerade eine dicke, alte Frau, die in einem schlichten schwarzen Kleide nicht unwürdig aussah, abgesammelt. Dann war sie verschwunden, und nach wenigen Minuten stand sie plötzlich auf dem Podium: das müde, greisenhafte Gesicht war grell überschminkt, ein hochroter Atlasrock reichte ihr bis zu den Knien, und ein schwarzes, mit Flitter benähtes Mieder dekolletierte den enormen Busen. Auf dem grauen Kopf saß unternehmend ein grünes »Jagahüatl«. So war sie oben gestanden und hatte gejodelt: Juhuhu – Juhuhu – – –

Und es war so unsäglich traurig gewesen.

»Servus, Florian!«

Eine dünne, quiekige Stimme schlug an sein Ohr.

Er wandte sich um und sah einen ehemaligen Schulkollegen vor sich stehen. Ein hageres, schwarzes, zappliges Männchen, das immer sehr eilig war.

»Servus, Meier, – wohin denn?« »Strümpfe verkaufen, – Geschäfte machen, mein Lieber. Ja, man muß fleißig sein. Ich habe jetzt nämlich eine Vertretung für Damenstrümpfe, – famoser Artikel.«

»So? Ich gratuliere.«

»Ja, ja, – der eine macht in Strümpfen, der andre in Geist. Übrigens – ich verkaufe meine Strümpfe gerade so gern, wie du deine Feuilletons.«

»Aber ich verkaufe sie ja gar nicht gern,« sagte Florian und sein Gesicht verdüsterte sich.

»Nicht? Hehe! Na ja, ich begreife. Die Kritik, was? Dein letztes Buch haben sie ja gut angezapft.«

»Verfolgst du das?« sagte Florian.

»Freilich, – freilich, schon weil ich dich kenne. Und den Löblich auch, – deinen ehemaligen Intimus. Der hat umgesattelt und ist Journalist geworden. Das weißt du doch?«

»Jawohl, ich weiß. Der ist jetzt brav und fett.«

»Na recht hat er gehabt. Wenigstens sitzt er warm im Nest. Und der hat sich schön entrüstet über dein letztes Buch. Übrigens, – es soll ja kolossal interessant sein. Könntest du mir nicht – aber wart' einmal!«

Sie waren aus dem Straßengewühl abgebogen und schritten jetzt durch einen Park. Meier zog ein Paket aus der Tasche.

»Da werde ich dir mal was Feines zeigen…«

Er packte es auf und eine Kollektion von Strümpfen kam zum Vorschein. In allen Farben, rot, grün, gelb, lila, weiß, schwarz.

»Fein, was? Was würde dir denn da am besten gefallen?«

Florian deutete lächelnd auf ein Paar malvenfarbener à jour-Strümpfe.

»Keinen übeln Geschmack hast du! Also hör 'mal: du schickst mir dein Buch, und nimmst dafür – weil ich mir nichts schenken lass' – die Strümpfe da. Wirst schon Verwendung dafür haben, was?« Und er zwinkerte mit den Augen und lachte:

»He he – he he – –« Es klang wie ein Meckern.

»Gemacht,« sagte Florian. Er amüsierte sich. Und die Strümpfe konnte er ja der kleinen Kellnerin schenken, unten in dem Studentenwirtshaus, in dem er zu Mittag aß.

»Nun, und eine Widmung schreibst du mir doch auch hinein – wie?«

»Natürlich, – wenn du willst, – eine sehr poetische.«

»Also gut. Die Strümpfe da brauch' ich heute. Aber ich schicke dir ganz dieselben mit der Post zu. Oder willst du sie vielleicht etwas länger oder kürzer?«

»So lang wie möglich natürlich,« entgegnete Florian.

»Ja, – je länger, desto teurer,« sagte Meier mißvergnügt. »Und wenn ich dir die ganz langen schicken soll, – dann muß auch die Widmung lang sein.«

Florian stand still. Er wußte nicht, ob er lachen oder grob werden sollte. Der andere nahm sein Stillstehen für ein Zeichen der Verabschiedung.

»Na ich will dich nicht stören. Ich weiß, du mußt jetzt dichten. Und ich habe auch keine Zeit, ich muß Strümpfe verkaufen. Also das Geschäft ist gemacht. Servus! Und schick's nur recht bald! Auf Wiedersehen!«

Dort eilte er schon geschäftig die Straße hinunter. Florian blickte ihm nach. Es würgte ihn an der Kehle, und plötzlich hatte er einen schalen, bitteren Geschmack im Munde. Trugen sie nicht alle ein groteskes, entehrendes Kleid, die da dem Brot nachjagten, – geradeso wie die arme, alte Tingeltangel-Sängerin? Und ihm selbst, – ihm würde sein Journalistengewand auch nicht besser stehen, als jener dicken Dame ihr rotes Atlaskleid…Aber warum für sich eine Ausnahme beanspruchen, warum es besser haben wollen wie die anderen? Und schließlich, – mußte er denn gleich alles so schwer nehmen? Wenn er nebenbei, um Geld zu verdienen, journalistische

Sachen schrieb, – was ging denn das den anderen Florian an? Der konnte doch trotzdem er selbst bleiben und unbeirrt seine wahren Ziele verfolgen.

Konnte er das, – wirklich? Würde er nicht schließlich etwas Ähnliches werden wie – Albert Löblich geworden war, sein ehemaliger Intimus, in dem es kochte und gärte, daß der Freund voll Leben und Bewegung war, sich rührte und vorwärts kam, während er selbst – fest saß. Sie hatten sich überworfen und es war zum Bruch zwischen ihnen gekommen. Und dann war die Kritik über sein Buch erschienen, anonym, nur mit Buchstaben gezeichnet. Erst hatte es Florian nicht gewußt, daß sie von Löblich war, und die flache, obscöne Auffassung seines Buches, die an dem Wesentlichen blind vorbeitappte und Nebensächliches herausgriff, hatte ihn belustigt. Die dicksten Töne einer biederen Entrüstung wurden da angeschlagen, und eine unflätige Auslegung hatte ernste, natürliche Dinge, die ernst und natürlich besprochen waren, – zu Zoten gewandelt. Mit dröhnendem Pathos gebärdete sich der Schreiber des Artikels als Verteidiger der gefährdeten Moral. Aber je weiter Florian las, desto ernster war er geworden: – denn da wurde der Held seines Buches unverfroren mit ihm selbst identifiziert und der Artikel strotzte von persönlichen Ausfällen. Da war es, – das Musterbeispiel, das er schon lange gesucht hatte: – für die Perfidie im Journalismus, die das Publikum in schmutzige Sackgassen leitete und dort hauste wie eine Seuche.

Und dann hatte er erfahren, daß der Artikel von Löblich stammte, und er war traurig gewesen für jenen, er schämte sich in dessen Seele hinein.

Herrgott, – was war aus dem geworden!

Freilich, man mußte ja nicht werden wie der. Legte er nicht überhaupt dem Angebot, das ihm gemacht worden war, – der neuen Möglichkeit, die er ergreifen oder vermeiden konnte, – eine übertriebene Bedeutung bei?

Es sauste ihm in den Ohren, die Gedanken wirbelten durch sein Hirn, kämpfend und wild durcheinander stoßend. Tausend Stimmen schrien: greif zu, greif zu! Und ihnen beipflichtend tönte ein dünnes, zages Stimmchen dazwischen: – überhaupt, – es ist ja nicht so wichtig, – bausche doch die Sache nicht so auf, – greif zu und nimm das Ganze leichter! – Aber hart und sonor tönte ein anderer Klang dazwischen: Entscheide dich! Heut' ist dein kritischer Tag! Entweder du setzest dich fest auf dem sicheren Grund, tauchst unter im Kleingewerbe der Zunft, – oder hinüber, hinüber – in die große Literatur ...!

Es war wie ein rüttelndes Mahnwort: harr' aus, – und steuere hinüber – hinüber –!

Seine Füße schmerzten. Stundenlang war er im Gewühl der Stadt herumgeirrt. Jetzt trieb es ihn, der Sonne zu folgen, dem sinkenden Tage nach. – Und er lenkte die Schritte seinem Heime zu.

Hinüber – hinüber!

Konnte er denn das? Würde er wohl jemals drüben landen – an jener großen, stillen Küste, die leuchtend und unerschütterlich hineinragte in das tobende Meer?

War er denn – ein Dichter, oder doch einer, der den Keim dazu in sich trug?

Was hatte er schon Größeres geleistet? Noch nichts.

Aber seit Monaten trug er etwas in sich herum, – Formen und Seelen, die langsam dem Tage entgegenreiften, – Gestalten, die herauswachsen wollten über die Engen des Buches und nach einem weiteren Tummelplatz begehrten, – die in heißem Kampfe die Ideen des Lebens *vorbildlich* verkörpern wollten, als lebendig Gewordenes dem Lebendigen gegenüber, von Angesicht zu Angesicht ...

Aber wie konnte er erkennen, ob er ein Dichter war! Was bürgte ihm denn dafür? Das, was er geschaffen hatte? Ach, – über das Fertige, Niedergeschriebene hatte er selbst ja kein Urteil. Es verlor für ihn die Seele mit dem Augenblick, wo es sich von ihm loslöste und er es hinausflattern ließ in die Welt. – Oder der Zustand, in dem er schrieb, – die heiße Berauschung des Schaffens? War das das Merkmal des Dichters? Jene ekstatische Entzückung, in der ihm die Welt versank und nur die eigenen, geheim geborenen Vorstellungen zu leben begannen, jene visionäre Entrücktheit des Sehers, vor dessen innerem, hypnotisch gebannten Blick urplötzlich die Hüllen zu fallen beginnen, die die Wesenheit der Dinge verkleiden. – In solchen Stunden glitt die Hand über das Papier, ohne daß es dem Körper zum Bewußtsein kam, – losgelöst vom physischen Wissen vollzog das Hirn fast halluzinativ den heißen, aufbrauchenden Kampf mit dem Stoff. Worte und Rhythmen türmten sich zu schimmernden Bauten – und Kompositionen, deren Fabeln der Verstand schon lange durchdacht, erstanden wie das Werk eines Somnambulen.

Aber war er da der Künstler, der Dichter, während solches mit ihm geschah, – während tief Vergrabenes, das in Stunden des wachen, wirklichen Lebens *Gefühl* geworden war, – nun in *anderer* Form dämmernd aus der Tiefe emporstieg, – wie die versunkene Stadt emportaucht in stiller Zaubernacht...? In solchen Stunden, wo er das Geheimnis der göttlichen Dreieinigkeit an sich selbst erlebte – Kraft und Stoff, die heiß aufeinander stoßen, in wildem Werben umeinander ringend, bis sie endlich vermählt miteinander verschmelzen und ein Neues zeugen: Das Bewußtsein, – in solchen Stunden, wo er Fabeln formte, deren bloße *Ideen* er einstens in durchwühlendem Aufruhr mit eigenem Blute *erlebt*, – da war er nicht der Künstler mit klarem Sinn und forschender Seele, sondern nur das Werkzeug einer heißen Verzückung. – Also wo lag das Kriterium?

Er stand still. Plötzlich war es in ihm aufgeblitzt, wie ein Licht auf dunklem Wege: ja, aber damals, – *als er erlebte* ...? So wie er jetzt erlebte, – die Qualen seiner Krisis – so brennend und tief und aufrührerisch! Da eben, – während er erlebte – da vollzog sich das Entscheidende. Was er heute erlebte, – war denn das etwas Besonderes? Nein. Nur das typische Erlebnis des jungen Schriftstellers: die Schlingen und Netze, die der Journalismus nach ihm auswirft, die Zeitungsgefahr, in der er sich zu verfangen droht...

Und auf einmal war es ihm klar, ein jubelndes Licht drang in seine Zweifel und verjagte die Schatten: *Was* er erlebte, waren ja nur typische Schicksale, die tausend anderen begegneten wie ihm, – aber *wie* man erlebte – das war's! Nicht erst im letzten Prozeß des Schaffens, sondern in seinem *Erleben* war der Dichter der Dichter. – Er beschleunigte seinen Schritt, Freude erfüllte ihn, daß er die Antwort auf sein banges Fragen gefunden hatte: *Wie* wir *erleben*! Der Grad unseres Leides, die Tiefe jener vergrabenen Schlünde, in die wir unter Grauen und Gefahr hinuntersteigen in der Stunde des Erlebens, die Intensität des Fühlens und Erfassens – das ist das Kriterium des Dichters. Und nur wer *so* erlebt, dem ballt sich die Essenz des Erlebten in feste, unverdrängbare Formen, die nach Ausdruck ringen; der erkennt in visionärer Ferne die Geheimnisse des Werdens und Fliehens, die verborgenen Motoren jener typischen, alltäglichen Erscheinungen, die ihm begegnen wie so vielen anderen, – und nur der reift im Banne seines durchwühlenden Erlebens jener Verzückung zu, in der die bunte Verschlungenheit sich entwirrt und die gelösten Rätsel dem Chaos entsteigen, wie der blühende Leib der Anadyomene dem Aufruhr der Flut, – wie die Form sich dem Nebel entrang, da die Stimme des Schöpfers ertönte: Es werde Licht.

Wie? Und er hatte sich vorgeworfen, nur von seinem »Belieben«, seiner »Lust« leben zu wollen?! Lust, – der tausendfache Qual vorherging, ein Schaffen, bei dem das eigene Blut dahinströmt, ein Zustand, aus dem man erwacht wie aus schwerer Hypnose, mit erschöpftem Leib und erdfremder Seele. – Das hatte er jetzt erfahren, und das wußte er nun: Dichter nur der, der mit Blut und Seele, mit allen Nerven und Sinnen, mit der Aufopferung des eigenen Leibes an seinem Kunstwerk baut!

Und nun, in dieser Stunde, da er im Aufruhr der eigenen Krisis erkannt hatte, was das Wesen des Dichters war, nun begriff er auch, was ihm so oft Überschätzung geschienen hatte: daß die wahren Dichter, die ausgeharrt haben in Kampf und Sturm, bis sie an jener fernen, feierlichen Küste landen konnten, gefeiert wurden von der Begeisterung der Völker.

Vom nahen Turme der Vorstadtkirche läuteten die Glocken den Abend ein. Und die sonoren, metallenen Töne schienen ihm die Luft zu durchdröhnen mit eherner Stimme, und Orgelklang brauste dazwischen, der von irgendwo aus der weiten Ferne kam. Oder war es der wilde Frühjahrswind, der losgebrochen war und nun sausend daherfuhr und die rosigen Blüten der Bäume durcheinander wirbelte im tollen Tanz?

Und sein Herz war voll von demütiger Huldigung für die Einsamen, die an jener Küste gelandet waren, und stärker noch als da oben sang und brauste es in ihm selbst: feiert ihn, der emporgestiegen ist über seine Leiden, – und bietet ihm dar die Köstlichkeiten des Lebens! Feiert ihn, – denn in seinen eigenen Leib reißt er blutige Wunden, in sein eigenes Fleisch bohrt er den Stachel und auf sich selbst läßt er die Peitsche niedersausen, bis er, – wie der indische Seher – nach den Qualen in die Ekstase versinkt. Aber aus seinem Leid erwächst das *Schauen*, von seinem Kreuz, das er hinaufträgt über das Golgatha seines vertieften und verschärften Erlebens, strömt neue Erleuchtung, und aus seinem Herzblut, das dahinströmt, erblühen die purpurnen Rosen, die die Tafel des Lebens schmükken. Feiert ihn, er ist der Erlöser, – denn Hosiannah und Glorie verklären die Wonnen dieser unheiligen Erde, wenn sie ein Dichter als Dichter erlebt, – und von Tausenden werden ihre Qualen genommen, wenn sie ein einziger tausendfach litt. –

Er stürmte die Straßen hinauf, er konnte es nicht erwarten, in seine Wohnung zu kommen, denn ihm war, als hätte der reiche Tag, der hinter ihm lag, ein Neues in ihm, das als keimende Form wartend in ihm gelegen war, zu wachem Leben erweckt... Eine energische, treibende Kraft war in ihm, und er fühlte, daß noch heute die Loslösung des Werdenden beginnen würde, das in schmerzvollem Wachsen seit langem in seiner Seele war.

Dämmerndes Abendlicht durchflutete sein kleines Zimmer, als er eintrat. Und in dem Halbdunkel leuchtete ihm das blaue Buch entgegen, das immer auf seinem Tische lag. Er schlug es auf, und wie als letzte Entscheidung grüßten ihn die Worte Emersons:

»Zweifle nicht, o Dichter, sondern sei standhaft! Sprich: Es ist in mir und soll heraus! Harre aus, stokkend und stumm, stotternd und stammelnd, stehe kühn und kämpfe, bis endlich der heilige Zorn jene *Traumgewalt* aus dir heraustreibt, welche in jeder Nacht dir als deine eigene offenbart ward...«

Er trat vom Tisch weg zum offenen Fenster hin. Der Frühlingswind tollte unten in den Gärten und hoch oben in den Wolken, die von den Strahlen der Sonne, die hinter ihnen versunken war, noch golden und rötlich glühten. Er brauste hinein in das kleine Mansardenfenster und fuhr wild und übermütig in das dichte Blondhaar des jungen Mannes, – ließ es zurückflattern, daß die hohe, freie Stirn zum Vorschein kam, – das Baldurzeichen der Natur für ihre Lieblingskinder.

In dem mächtigen Gehäuse aber stürmten die Gedanken, so lebendig wie draußen der Frühling. – Er sah hinaus ins Freie, bis hinüber, wo die Linien der Berge den Himmel berührten. Dort stritten die Wolken mit den Wind, der sie wild auseinander riß. Aber immer wieder ballten sie sich aufs neue und stürmten gegeneinander wie kämpfende Riesen.

Und in den mächtigen dunkeln Figuren, die drüben am Horizont gegen den Sturm kämpften, – in Verschlingung und Bewegung, Weichen und Wehren, Angriff und Lösung – sah er mit leuchtenden Augen die Gestalten seines Dramas, mit denen er so lange gerungen, und die ihm nun endlich emporgestiegen waren aus dem Dunstkreis sozialer Tiefen – zu freieren Sphären.

www.ingramcontent.com/pod-product-compliance
Lightning Source LLC
LaVergne TN
LVHW021015200726
843506LV00012B/2357